L'INDIFFÉRENT

MARCEL PROUST

L'Indifférent

GALLIMARD

*Il a été tiré de l'édition originale
de cet ouvrage quatre-vingt-un exemplaires
sur vergé blanc de Hollande van Gelder
numérotés de 1 à 81 et deux cent six exemplaires
sur vélin pur fil Lafuma-Navarre
numérotés de 82 à 287.*

Une nouvelle perdue et retrouvée

PAR

PHILIP KOLB

L'invraisemblable, quand il s'agit de Proust, peut rentrer dans le domaine du possible. L'écrivain a démontré ce paradoxe de façon géniale en racontant l'histoire presque incroyable d'*Un amour de Swann*, l'amour d'un homme du monde épris d'une cocotte qu'il finit par épouser quand il ne l'aime plus, histoire qui, malgré tout, paraît vraie. On peut en dire autant de la vie réelle de l'auteur : au fur et à mesure que la vie de Proust s'est révélée à nous par sa correspondance, elle nous a causé bien des surprises. Pendant longtemps le public a supposé que ce valétudinaire avait passé sa jeunesse dans la même oisiveté où vit son héros, Swann, ou son narrateur. Puis on a appris qu'il avait fait d'assez bonnes études, qu'il avait obtenu deux licences, l'une en droit, l'autre en philosophie. On a été encore plus surpris, lors de la publication de *Jean Santeuil*, d'apprendre qu'au moment où il faisait publier son premier livre, il avait entrepris d'écrire une sorte de roman qui devait l'occuper pendant quatre longues années. Le manuscrit qu'il a laissé de ce roman compte plus de mille cinq cents pages. Mais il a fallu qu'il écrive *A la recherche du temps perdu*, qu'il meure à la tâche, et qu'une bonne trentaine d'années s'écoulent avant que la postérité ne commence à voir un peu clair derrière le brouillard épais de sa légende.

Aujourd'hui nous voyons un peu mieux cet auteur, nous commençons à le connaître. Grâce aux cinq gros volumes de son œuvre que nous devons à MM. Ferré, Clarac et Sandre dans l'édition de la Pléiade, grâce à la biographie de George Painter, grâce à une vingtaine de tomes de sa correspondance, on peut avoir l'impression de posséder presque tout ce qui importe pour connaître l'œuvre et son auteur. La source des inédits tarit, semble-t-il : on n'attend guère plus que des variantes, des bribes, des brouillons qu'une brave équipe de chercheurs travaille à extraire des archives de la Bibliothèque Nationale.

Eh bien, non, nous avions tort encore une fois. Il nous restait tout de même des surprises. Bien entendu, il y a d'innombrables lettres encore inédites, dont un certain nombre se révéleront fort belles, et d'un intérêt considérable. Elles viendront à leur heure. Mais il ne s'agit pas de cela.

Il y a autre chose. Ce qui pourrait paraître invraisemblable au plus haut point, ce serait de retrouver après tant d'années un texte non pas précisément inédit, puisqu'il avait été publié il y a quatre-vingts ans dans une revue éphémère, mais un texte resté enseveli dans l'oubli jusqu'au point d'être aujourd'hui totalement inconnu. Je parle d'une nouvelle qui est restée jusqu'à ce jour ignorée non seulement du public mais tout autant des spécialistes, qui ne l'ont fait figurer dans aucune bibliographie et qui, jusqu'ici, n'en connaissaient même pas le titre.

Il en subsistait pourtant une trace. Ceux

qui ont lu les *Lettres à Reynaldo Hahn*, s'ils ont bonne mémoire, pourraient bien se rappeler quelque allusion à une nouvelle perdue. Dans une de ces lettres, Proust parle d'une nouvelle qu'il vient de supprimer de son livre *Les Plaisirs et les Jours*. A ce propos il confie à son ami le projet d'y substituer à sa place une autre nouvelle qu'il est en train d'écrire. Voici en quels termes il annonce ce projet :

« Je suis à une grande chose, que je crois assez bien et j'en profiterai pour supprimer de mon volume *la nouvelle sur Lepré, l'opéra etc.* que vous faites copier [1]. » (Nous soulignons.)

Or j'ai pu préciser la date de la lettre où il annonce cette décision, elle est du *22 septembre 1894*. Grâce à cette donnée chronologique il m'a été possible d'identifier la « grande chose » en question dans la lettre. Ce ne peut être que la nouvelle intitulée *La Mort de Baldassare Silvande, vicomte de Sylvanie*. Car cette pièce porte précisément la date d'*octobre 1894* [2]. Proust attachait suffisamment d'importance à cette nouvelle pour la soumettre à Robert de Billy et à Maria Hahn, la sœur de Reynaldo Hahn [3]. Et il l'a placée en tête de son recueil.

Toutefois, il ne semblait pas possible de retrouver le texte de l'autre nouvelle, de celle que Proust allait supprimer alors que Reynaldo Hahn était en train de la faire copier pour lui. Je n'en ai pu trouver nulle trace, ni du manuscrit ni des épreuves, dans le Fonds Marcel Proust de la Bibliothèque Nationale. Pour ce qui est des épreuves, l'absence de cette nouvelle n'avait rien de surprenant puisque Proust avait décidé de l'écarter en septembre 1894. En fait il devait attendre encore dix-huit mois avant de recevoir des épreuves de ce livre, dont les placards portent la date de *mars 1896*. Néanmoins, pour un auteur qui avait coutume de garder avec soin jusqu'à son moindre écrit, jusqu'à des brouillons, sans parler de ses manuscrits, de ses cahiers, de ses épreuves, des lettres qu'il recevait, quelquefois même des lettres qu'il avait écrites mais qu'il avait renoncé à envoyer au destinataire, cette disparition ne laissait pas de paraître anormale. Et c'est une des raisons pour lesquelles j'ai continué à chercher le texte disparu.

9ᵉ Année.   1ᵉʳ Mars 1896.   Tome L.

LA

VIE CONTEMPORAINE

ET

REVUE PARISIENNE RÉUNIES

BUREAUX

8, RUE DE LA CHAUSSÉE-D'ANTIN, 8

PARIS

Une chance inespérée m'a permis d'en retrouver la piste chez le fils d'un des amis de l'auteur. Le mot de l'énigme se trouve dans une lettre inédite que Proust adressa, en 1910, à son ami Robert de Flers. Il lui demande s'il a par hasard chez lui *La Vie contemporaine* — il croit du moins que cette revue s'appelait ainsi. Henri de Rothschild s'en occupait, dit-il, et il ajoute . « ça devait avoir ses bureaux rue Boissy-d'Anglas je crois. » Mais ce qu'il dit ensuite est plus significatif :

« J'avais écrit dedans une nouvelle imbécile mais dont il se trouve que j'ai besoin et tu me rendrais service en m'envoyant ce numéro. » Avec une certaine désinvolture, Proust omet de donner la moindre précision qui puisse aider son ami à retrouver le numéro en question : il n'en indique ni la date ni le numéro du fascicule, il ne dit même pas l'époque où cela a paru, pas plus qu'il ne donne le titre de la nouvelle.

Ne nous laissons pas tromper par l'adjectif « imbécile » qu'il attribue à cette nouvelle. Si Proust jugeait qu'elle était sans intérêt, il ne prendrait pas la peine d'essayer de la

récupérer. S'il *en a besoin*, comme il l'avoue, il n'est pas difficile de deviner pourquoi. Car nous savons qu'en 1910 il est en plein travail à la rédaction de son roman. A un moment pareil, son désir de revoir cette nouvelle ne peut signifier qu'une chose : il doit se souvenir de certains éléments du texte qu'il songe à utiliser dans son roman. Mais toutes ces considérations n'auraient pu quitter l'état d'hypothèses invérifiables s'il avait fallu en rester là. La seule manière de confirmer notre hypothèse était de confronter ces données avec le texte en question. Comment le retrouver ?

Du temps de Proust, il n'y avait que deux revues intitulées *La Vie contemporaine*, dont nous pouvons écarter celle qui s'occupait exclusivement de sociologie. L'autre, fondée par Jules Simon en 1888 sous le titre *La Vie contemporaine: Revue de famille*, absorba la *Revue parisienne* en 1894 et devint *La Vie contemporaine et Revue parisienne réunies*. Les bureaux de cette revue ne se trouvaient pas, comme le croyait Proust, rue Boissy-d'Anglas. Les bureaux de ce périodique, depuis sa fondation, étaient au 8 de la rue de la

Chaussée-d'Antin. Néanmoins, si l'on parcourt les sommaires de *La Vie contemporaine*, on retrouve des articles signés des noms de quelques-uns des amis de Marcel Proust. Au premier tome de la neuvième année de cette revue, on trouve en effet, dans le numéro du 1er février 1896, une Fantaisie-revue intitulée *On ferme...*, par Xavier Roux et Robert de Flers, et dans le numéro suivant (15 février), *Une ascension aux Pyramides* d'Henri de Rothschild. C'est ce dernier qui avait sans doute sollicité la collaboration de Marcel Proust à cette revue.

Car nous retrouvons, en effet, dans le numéro du 1er mars 1896, ce titre :

L'Indifférent, par M. Marcel Proust.

Voilà, sans le moindre doute possible, à quoi Proust faisait allusion, dans sa lettre à Reynaldo Hahn, quand il parlait de « la nouvelle sur Lepré, l'opéra etc. ». Nous pouvons l'affirmer, car le héros, celui que le titre désigne comme « l'indifférent », se nomme précisément *Lepré*, et l'intrigue se noue dans une loge à *l'Opéra*.

*

Il est facile de comprendre pourquoi Proust a supprimé cette nouvelle de son livre dès lors qu'il en avait une autre qui pouvait la remplacer avantageusement. Il n'est même pas difficile de comprendre qu'il en ait parlé rétrospectivement, bien des années après, comme d'une « nouvelle imbécile ». Les données de cette histoire sont des plus banales. Les personnages sont présentés de façon bien maladroite et superficielle. Le jeune auteur ne semble pas savoir manier les fils de sa trame, son dénouement crie l'invraisemblance. Et pourtant, si nous partageons son impatience devant les défauts trop manifestes de cette pièce, nous pouvons concevoir tout aussi bien les raisons pour lesquelles il l'a laissée paraître dans *La Vie contemporaine*, et pourquoi, au moment où il travaillait à *Swann*, il a voulu s'y reporter. Car cette nouvelle annonce de façon surprenante, à bien des égards, la matière et la manière de l'œuvre future.

Voyons cependant, avant d'aborder ces questions, s'il n'est pas possible de situer l'époque où Proust a rédigé *L'Indifférent*. Deux détails du texte nous y aident. La description de l'héroïne semble bien s'inspirer de l'impression que l'écrivain reçut lorsqu'il vit pour la première fois la comtesse Greffulhe. Une lettre qu'il adressa à ce sujet à Robert de Montesquiou, au lendemain de cet événement, m'a permis d'en préciser la date : la soirée où il la vit eut lieu le 1er juillet 1893. Espérant se faire présenter à la comtesse par Montesquiou, c'est à ce dernier qu'il confie l'émotion qu'il a ressentie en la voyant enfin chez la princesse de Wagram. Voici en quels termes il décrit la comtesse Greffulhe : « Elle portait *une coiffure d'une grâce polynésienne*, et *des orchidées* mauves *descendaient jusqu'à sa nuque*, comme les " chapeaux de fleurs " dont parle M. Renan [4]. » (Nous soulignons.)

Or, chose significative, pour décrire l'héroïne de sa nouvelle, Proust se contentera de développer ces mêmes détails :

« Sans un bijou, son corsage de tulle jaune couvert de catléias, à sa chevelure noire aussi elle avait attaché quelques *catléias* qui *suspendaient* à cette tour d'ombre de pâles guirlandes de lumière. Fraîche comme ces fleurs et comme elles pensive, elle rappelait la Mahenu de Pierre Loti et de Reynaldo Hahn par *le charme polynésien de sa coiffure* » (39) [5]. D'ailleurs, pour qualifier cette jeune veuve nommée Madeleine, marquise de Gouvres, il l'appelle : « la femme la plus gâtée de Paris ». Certes, en 1893, il n'y avait guère d'autre grande dame de la société parisienne à qui cette phrase convenait mieux qu'à la comtesse Greffulhe.

Comme nous le voyons, Proust caractérise la beauté de son héroïne d'après l'impression que la comtesse Greffulhe lui avait faite le 1er juillet 1893. Cette circonstance suggère que vraisemblablement il aurait écrit cette nouvelle peu de temps après la soirée en question.

Notons du reste qu'en évoquant cette « coiffure d'une grâce polynésienne », il semble s'inspirer d'un des auteurs qu'il admirait particulièrement dans sa jeunesse. Dans une lettre qu'il avait adressée à sa mère quand il avait dix-sept ans, il lui avait confié l'enchantement que venait de lui procurer *Le Mariage de Loti* lu sur l'herbe au Bois de

Boulogne [6]. Quand plus tard il aperçut pour la première fois la comtesse Greffulhe, sa coiffure a dû lui rappeler la poétique image de l'héroïne du *Mariage de Loti*. Et c'est cette double image-là qu'il a voulu évoquer en décrivant l'héroïne de sa nouvelle.

Mais si, comme nous le supposons, cette nouvelle fut composée au cours de l'été de 1893, la seconde phrase du passage cité plus haut — celle qui commence par un alexandrin — s'achève sur une sorte d'anachronisme. Car la mention de « la Mahenu de Pierre Loti et de Reynaldo Hahn » ne correspond pas du tout à l'époque en question. Mahénu est le nom que les librettistes ont substitué à celui de Rarahu, l'héroïne du *Mariage de Loti*, quand ils ont fait l'adaptation de ce roman sous le titre de *L'Ile du Rêve, idylle polynésienne*. Le public ne devait apprendre ce nom de Mahénu qu'au mois de mars 1898, lorsqu'on présenta *L'Ile du Rêve* à l'Opéra-Comique [7]. Il est donc à peu près certain qu'en 1893 Proust ignorait ce nom. Nous savons, par contre, qu'il s'est lié avec Reynaldo Hahn au cours de l'été suivant, et que le jeune compositeur lui a confié alors son espoir de faire jouer *L'Ile du Rêve* à l'Opéra-Comique. Dans plusieurs des lettres que Proust lui adresse au mois de septembre 1894, il est question de l'interview que Hahn devait avoir à ce sujet avec le directeur de l'Opéra-Comique [8]. Le nom même de Mahénu figure dans un billet que Proust lui adresse ce même mois de septembre 1894 [9]. Or c'est là précisément l'époque où Proust l'avait prié de faire copier pour lui le texte de *L'Indifférent*. Avant de lui demander ce service, avec la délicatesse de sentiments qu'on lui connaît, il a dû prendre soin de retoucher la phrase où il est question de l'idylle polynésienne de Loti, afin d'y substituer au nom de Rarahu celui de Mahénu, et d'ajouter, à côté de celui de Loti, celui du compositeur de musique, son nouvel ami.

*

Le sujet de notre nouvelle est, à peu de chose près, essentiellement le même que celui d'*Un amour de Swann*. C'est l'étude de la « cristallisation » de l'amour chez une grande dame qui, par caprice, s'éprend soudain d'un homme à qui elle n'avait guère fait attention jusque-là. Ce qui provoque le phénomène, c'est l'indifférence de Lepré, dont Madeleine s'aperçoit juste au moment où elle apprend l'imminence du départ de cet homme pour un long voyage. C'est alors qu'elle se rend compte de son amour : « ... elle comprenait seulement, en sentant tout ce qui s'arrachait d'elle, ce qui y était entré » (43). Il en est de même pour Swann le soir où il arrive tard chez les Verdurin alors qu'Odette est déjà partie. Si la situation n'est pas la même, c'est la même sorte d'angoisse qui s'empare de ces deux personnages. Quand Madeleine est en tête-à-tête avec Lepré, elle voudrait « presque inconsciemment appliquer les maximes de coquetterie contenues dans le célèbre : " Si je ne t'aime pas, tu m'aimes " » (41-42). Elle y échoue, pourtant, et c'est elle qui y tombe victime. Ce sera la même maxime qui régira la conduite d'Odette avec Swann, du narrateur du *Temps perdu* avec la duchesse de Guermantes et du même avec Albertine [10]. C'est bien une « inclination inexplicable » (51) que Proust étudie ici, comme celle de Swann pour Odette, comme celle de Saint-Loup pour Rachel. A vrai dire, ce Lepré manque de vie. Le jeune auteur n'hésite pas à nous livrer assez naïvement la clef de l'énigme à son égard. Il a « un vice ». Mais quel est ce vice ? C'est tout simplement qu'il aime « les femmes ignobles ». L'auteur ne donne aucune précision sur le sens de cet adjectif, et nous sentons qu'il ne possède que des notions assez vagues de la catégorie des personnes à laquelle il fait allusion. L'héroïne réussit pourtant à apprendre l'explication de l'attitude indifférente que Lepré semble avoir vis-à-vis d'elle. Il suffit qu'elle interroge ses voisins de table à un dîner pour savoir « la vérité » là-dessus. Assurément cette façon de présenter un personnage, de tout savoir sur lui, c'est tout le contraire de la manière qu'aura l'auteur d'*A la recherche du temps perdu*.

Malgré cela, si le jeune Proust ne sait pas encore nous convaincre, s'il ne veut rien laisser dans l'ombre, s'il ne fait pas la part du mystère dans la vie, il n'en a pas moins trouvé déjà certaines des idées fondamentales de sa théorie de l'amour tel qu'il le comprend.

S'il dirige mal ses personnages, il énonce déjà certaines des lois, certains des principes de la conduite humaine qu'il a observés, et que nous retrouverons plus tard dans le *Temps perdu*. Ainsi, à propos de l'amour de Madeleine, il affirme : « Les raisons de son amour étaient en elle, et si elles étaient aussi un peu en lui, ce n'était ni dans sa supériorité intellectuelle, ni même dans sa supériorité physique » (51). Proust ne concevra pas d'une autre façon les fondements de l'amour du narrateur pour Albertine. Et sa conclusion ici est déjà celle qu'il tirera plus tard sur la fatalité des inclinations : « C'est précisément parce qu'elle aimait qu'aucun visage, qu'aucun sourire, qu'aucune démarche ne lui étaient aussi agréables que les siens et non parce que son visage, son sourire, sa démarche étaient plus agréables que d'autres, qu'elle l'aimait » (51).

Tout cela mérite bien qu'on s'y arrête Mais ce qui nous frappe surtout dans cette nouvelle, ce n'est pas le sujet, ce n'est même pas la théorie de l'amour que Proust y développe plus ou moins selon les principes qu'il mettra en œuvre plus tard. Ce qui

25

annonce surtout la manière du maître, c'est le rôle qu'il attribue aux fleurs et aux souvenirs d'art. L'attention qu'il prête déjà aux atours de la femme n'est rien moins qu'inutile ici. La courte description de la toilette de Madeleine a une signification bien arrêtée. C'est son amie qui attire notre attention là-dessus : « — Comme elle aime les fleurs, s'écria Mme Lawrence en regardant son corsage. » Et l'auteur de nous faire ce commentaire ironique à son égard :

« Elle les aimait, en effet, en ce sens vulgaire qu'elle savait combien elles sont belles et combien elles rendent belle. Elle aimait leur beauté, leur gaieté, leur tristesse aussi, mais du dehors, comme une des attitudes de leur beauté. Quand elles n'étaient plus fraîches, elle les jetait comme une robe fanée » (39-40).

Cette remarque de Mme Lawrence, et le commentaire qui l'accompagne, préparent de façon efficace ce qui va suivre. Car dès que Madeleine se sent amoureuse de Lepré, l'altération qu'elle subit se reflète immédiatement dans une attitude nouvelle à l'égard des fleurs. Quand la pensée lui vient que

Lepré partira peut-être sans avoir le temps de s'éprendre d'elle, voici comment elle réagit :

« Désolée, elle baissa la tête, et ses regards tombèrent sur ceux plus languissants encore des fleurs fanées de son corsage, qui sous leurs paupières flétries semblaient prêtes à pleurer » (46-47).

Et l'auteur ajoute : « La pensée du peu qu'avait duré son rêve [...] s'associa pour elle à la tristesse de ces fleurs qui, avant de mourir, languissaient sur le cœur qu'elles avaient senti battre de son premier amour, de sa première humiliation et de son premier chagrin » (47). Ainsi les fleurs fanées de son corsage symbolisent la tristesse d'un amour sans espoir. Madeleine les associe à sa détresse, elle leur trouve la même tristesse; l'auteur va jusqu'à leur attribuer des *regards languissants*, des *paupières flétries* qui semblent *prêtes à pleurer*. Notons du reste que cette tristesse languissante est en accord avec l'atmosphère mélancolique des tableaux de Watteau, le peintre à qui Proust semble avoir emprunté le titre de cette nouvelle.

Le lendemain, Madeleine, sous l'effet de

son amour, ne veut point d'autres fleurs dans sa chambre, « habituellement pleine et retentissante de la gloire des roses fraîches ». C'est Mme Lawrence qui, encore, souligne ce changement chez son amie en remarquant les vases où les cattleyas achevaient de mourir, « dépouillés de beauté, pour des yeux sans amour ». Et quand l'amie de Madeleine exprime son étonnement d'y voir des fleurs fanées, celle-ci voudrait répondre : « Il me semble que c'est d'aujourd'hui que je les aime. »

Cette façon de marquer les effets de l'amour sur l'héroïne par son attitude à l'égard des fleurs n'est pas mal trouvée pour un auteur de vingt-deux ans. Toutefois Proust n'a pas jugé bon de reprendre cet épisode dans son roman. En revanche, il ne manquera pas d'associer les fleurs au thème de l'amour. Il en est ainsi de l'amour du narrateur pour Gilberte, que le narrateur aperçoit pour la première fois dans le parc de Tansonville, encadrée d'un ravissant décor fleuri [11]. Quand plus tard il aperçoit pour la première fois la maîtresse de Saint-Loup, la scène est préparée par une description émouvante des arbres fruitiers en fleurs (le narrateur cache d'ailleurs son émotion de reconnaître en la maîtresse de son ami « Rachel quand du Seigneur », en faisant semblant d'être ému de la beauté des poiriers et des cerisiers) [12]. Mais c'est surtout les orchidées que Proust va reprendre pour son roman. Du reste, ce qui nous frappe particulièrement, c'est de voir déjà poindre ce nom de « catléia » pour désigner les orchidées qu'il fera figurer au moment voulu dans certaines scènes importantes.

Pour Odette, ce sont les orchidées, et les cattleyas surtout, qui, avec les chrysanthèmes, sont ses fleurs préférées, « parce qu'ils ont le grand mérite de ne pas ressembler à des fleurs, mais d'être en soie, en satin » [13]. Et le soir où Swann la cherche sur les boulevards, où il finit par la heurter dans l'obscurité, elle porte un bouquet de cattleyas, elle a dans les cheveux des fleurs de cette même orchidée attachées à une aigrette en plumes de cygne. Or c'est en arrangeant les cattleyas d'Odette, qu'il l'embrasse pour la première fois, et, le même soir, qu'il finit par la « posséder » [14].

Ce sont encore des orchidées — l'arbuste de la duchesse de Guermantes, attendant l'insecte qui le fécondera — que le narrateur remarquera dans la cour de l'hôtel, le jour où il guette l'arrivée de la duchesse, et qu'il observe la conjonction Charlus-Jupien, la fécondation de la plante servant comme symbole de cette autre union [15].

Un autre détail dont Proust se servira plus tard est l'emploi d'une œuvre d'art, d'un portrait qui ressemble à l'être aimé. Madeleine remarque que Lepré a « une figure Louis XIII délicate et noble », elle se rappelle certains portraits de cette époque qui s'associent à la pensée de son amour et qui donnent à cet amour une existence nouvelle en le faisant entrer dans le système de ses goûts artistiques. Elle fait venir d'Amsterdam un portrait de jeune homme qui lui ressemble (53). Tout cela, on voit bien que Proust a dû s'en inspirer pour *Swann*. Mais dans cette nouvelle, il n'a fait qu'esquisser cette idée, cette théorie, de façon presque abstraite. Dans *Un amour de Swann*, le portrait de Zéphora par Botticelli jouera un rôle bien plus important. Car Odette, quand

Swann la rencontre, n'est pas le genre de femme dont la beauté le touche, elle ne l'attire guère. Cette ressemblance d'Odette avec le portrait de Botticelli lui confère une beauté qui la rend plus précieuse à Swann. Ainsi il trouve dans sa propre culture esthétique une justification du plaisir qu'il ressent à voir Odette. Mais l'écrivain trouvera le moyen de développer tout cela de façon à expliquer comment Odette se transforme aux yeux d'un Swann presque indifférent jusqu'à lui devenir non seulement désirable mais indispensable. Ce qui nous intéresse, ce qui est émouvant, c'est de penser que l'idée de base, Proust l'avait conçue dès l'âge de vingt-deux ans.

Il y a un autre passage de cette nouvelle qui ne reparaîtra pas dans le roman mais qui, pour d'autres raisons, mérite notre attention. Il s'agit du moment où l'annonce par Mme Lawrence du départ en voyage de Lepré déclenche l'amour de Madeleine. Le jeune écrivain a voulu exprimer par une analogie cette émotion, cette crise nerveuse, chez l'héroïne. Ce qu'il a trouvé pour en rendre toute la force, c'est la description de la première crise d'asthme qui l'avait atteint à l'âge de neuf ans. C'est ici le seul endroit, à ma connaissance, où l'auteur nous ait donné une telle description :

« Un enfant qui depuis sa naissance respire sans y avoir jamais pris garde, ne sait pas combien l'air qui gonfle si doucement sa poitrine qu'il ne le remarque même pas, est essentiel à sa vie. Vient-il, pendant un accès de fièvre, dans une convulsion, à étouffer ? Dans l'effort désespéré de son être, c'est presque pour sa vie, qu'il lutte, c'est pour sa tranquillité perdue qu'il ne retrouvera qu'avec l'air duquel il ne la savait pas inséparable » (42-43). A ce moment-là, Madeleine regarde son amie avec un accablement désolé et doux sans « plus lui en vouloir que n'en veut à l'asthme qui l'étouffe, le pauvre malade suffocant qui, au travers de ses yeux pleins de larmes, sourit aux personnes qui le plaignent sans pouvoir l'aider ».

Cet épisode nous fournit un document unique, puisque Proust n'a exprimé nulle part ailleurs, pour autant que nous le sachions, ses impressions de l'événement qui transforma sa vie.

La voilà, cette nouvelle sur Lepré, véritable trouvaille. Comme nous l'avons vu, son auteur avait d'abord voulu l'écarter des *Plaisirs et les Jours* afin d'y substituer une autre. Dans l'autre, il tenait à exprimer certaines idées sur la mort, sur la jalousie, qui préfigurent en quelque sorte certains éléments du *Temps perdu*. Mais le sacrifice de la première n'était pas définitif : le jeune auteur finit par la faire paraître, peu de mois avant l'apparition de son livre, dans une revue. Et là, dans cette *Vie contemporaine* où elle semble avoir été à peine remarquée à l'époque, elle devait rester engloutie dans un profond oubli qui dura plus de trois quarts de siècle. L'auteur fut seul à ne point l'oublier. Et quand, bien des années après l'avoir écrite, il travaillait à son grand roman, il voulut la revoir. Réussit-il à la retrouver ? Nul ne le sait avec certitude, bien que tout porte à nous faire croire que l'auteur s'en est servi pour *Un amour de Swann*. Mais ce que nous savons, c'est pourquoi il tenait à l'examiner. Car il ne manqua pas d'utiliser dans l'œuvre future certains des mêmes détails qui paraissent dans *L'Indifférent*, quelques-uns des mêmes effets, certaines des mêmes idées. Cette nouvelle perdue et retrouvée prendra donc sa place à côté des œuvres de jeunesse où se découvre en embryon le génie de Marcel Proust.

Philip Kolb

L'Indifférent

On guérit comme on se console : on n'a pas dans le cœur de quoi toujours pleurer et toujours aimer.

LA BRUYÈRE,
Les Caractères, ch. IV, *Du Cœur.*

I

Madeleine de Gouvres venait d'arriver dans la loge de Mme Lawrence. Le général de Buivres demanda :

— Qui sont vos hommes ce soir? Avranches, Lepré?...

— Avranches, oui, répondit Mme Lawrence. Lepré, je n'ai pas osé.

Elle ajouta en désignant Madeleine :

— Elle est si difficile et comme ç'aurait été presque lui faire faire une nouvelle connaissance...

Madeleine protesta. Elle avait rencontré M. Lepré plusieurs fois, le trouvait charmant; il avait même, un jour, déjeuné chez elle.

— En tous cas, conclut Mme Lawrence, vous n'avez pas de regrets à avoir, il est très gentil, mais sans rien de remarquable, et pas du tout pour la femme la plus gâtée de Paris. Je comprends très bien que les intimités que vous avez vous rendent difficile.

Lepré est très gentil mais très insignifiant, ce fut l'avis de tout le monde. Madeleine sentit que ce n'était pas tout à fait le sien et s'en étonna; mais comme l'absence de Lepré ne lui causait pas non plus une déception bien vive, sa sympathie n'alla pas jusqu'à l'inquiéter. Dans la salle les têtes s'étaient tournées vers elle; déjà des amis venaient la saluer et la complimenter. Cela ne lui était pas nouveau et pourtant, avec l'obscure clairvoyance d'un jockey pendant la course ou d'un acteur pendant la représentation, elle se sentait ce soir triompher plus aisément et plus pleinement que de coutume. Sans un bijou, son corsage de tulle jaune couvert de catléias, à sa chevelure noire aussi elle avait attaché quelques catléias qui suspendaient à cette tour d'ombre de pâles guirlandes de lumière. Fraîche comme ses fleurs et comme elles pensive, elle rappelait la Mahenu de Pierre Loti et de Reynaldo Hahn par le charme polynésien de sa coiffure. Bientôt à l'indifférence heureuse avec laquelle elle mirait ses grâces de ce soir dans les yeux éblouis qui les reflétaient avec une fidélité certaine se mêla le regret que Lepré ne l'ait pas vue ainsi.

— Comme elle aime les fleurs, s'écria Mme Lawrence en regardant son corsage.

Elle les aimait en effet, en ce sens vulgaire qu'elle savait combien elles sont belles et combien elles rendent belle. Elle aimait leur beauté, leur gaieté, leur tristesse aussi, mais du dehors, comme une des attitudes de leur beauté. Quand elles n'étaient plus fraîches, elle les jetait comme une robe fanée. — Tout à coup, pendant le premier entr'acte Madeleine aperçut Lepré à l'orchestre, quelques instants après le général de Buivres, le duc et la duchesse d'Aleriouvres prirent congé, la laissant seule avec Mme Lawrence. Madeleine vit que Lepré se faisait ouvrir la loge :

— Madame Lawrence, dit-elle, m'autorisez-vous à demander à M. Lepré de rester ici puisqu'il est seul à l'orchestre?

— Mais d'autant plus que je vais être obligée de partir dans un instant, ma chérie; vous savez, vous m'avez donné la permission. Robert est un peu souffrant. — Voulez-vous que je lui demande?

— Non, j'aime mieux que ce soit moi.

Tant que dura l'entr'acte, Madeleine laissa Lepré causer tout le temps avec Mme Lawrence. Penchée au bord de la loge et regardant la salle, elle affectait presque de ne pas s'occuper d'eux, sûre de pouvoir mieux jouir de sa présence quand tout à l'heure elle serait seule avec lui.

Mme Lawrence sortit pour aller mettre son manteau.

— Je vous invite à rester avec moi pendant cet acte, dit Madeleine avec une amabilité indifférente.

— Vous êtes bien gentille, Madame, mais je ne peux pas, je suis obligé de m'en aller.

— Mais je vais être toute seule, dit Madeleine d'un ton pressant; puis tout à coup, voulant presque inconsciemment appliquer les maximes de coquetterie contenues dans le célèbre : « Si je ne t'aime pas, tu m'aimes », elle se reprit :

— Mais vous avez bien raison, et si vous êtes attendu, ne vous mettez pas en retard. Adieu, Monsieur.

Elle cherchait à compenser par l'affectueux de son sourire la dureté qui lui semblait impliquée dans cette permission. Mais cette dureté n'était que relative au désir violent qu'elle avait de le garder, à l'amertume de sa déception. Donné à tout autre ce conseil de partir eût été aimable.

Mme Lawrence rentra :

— Eh bien, il part; je reste avec vous pour que vous ne soyez pas seule. Vous êtes-vous fait de tendres adieux?

— Adieux?

— Je crois que c'est à la fin de cette semaine qu'il part pour son long voyage d'Italie, de Grèce et d'Asie Mineure.

Un enfant qui depuis sa naissance respire sans y avoir jamais pris garde, ne sait pas combien l'air qui gonfle si doucement sa poitrine qu'il ne le remarque même pas, est essentiel à sa vie. Vient-il, pendant un accès de fièvre, dans une convulsion, à étouffer? Dans l'effort désespéré de son être, c'est presque pour sa vie, qu'il lutte, c'est pour sa tranquillité perdue qu'il ne retrouvera qu'avec l'air duquel il ne la savait pas inséparable.

De même, au moment où Madeleine apprenait ce départ de Lepré auquel elle n'avait pas songé, elle comprenait seulement, en sentant tout ce qui s'arrachait d'elle, ce qui y était entré. Et elle regardait avec un accablement désolé et doux Mme Lawrence sans plus lui en vouloir que n'en veut à l'asthme qui l'étouffe, le pauvre malade suffocant qui, au travers de ses yeux pleins de larmes, sourit aux personnes qui le plaignent

sans pouvoir l'aider. Tout à coup, elle
se leva :

— Venez, chère amie, je ne veux pas
vous faire rentrer tard.

Pendant qu'elle mettait son manteau,
elle aperçut Lepré et, dans l'angoisse de
le laisser partir sans le revoir, elle des-
cendit rapidement.

— Je suis désolée, surtout s'il part,
que M. Lepré ait pu supposer qu'il me
déplaisait.

— Mais jamais il n'a dit cela, répondit
Mme Lawrence.

— Mais si, puisque vous le supposiez,
il le suppose aussi.

— Mais au contraire.

— Mais puisque je vous le dis, reprit
durement Madeleine. Et comme elles
avaient rejoint Lepré :

— Monsieur Lepré, je vous attends à
dîner jeudi à huit heures.

— Je ne suis pas libre jeudi, Madame.

— Vendredi, alors?

— Je ne suis pas libre non plus

— Samedi?

— Samedi, c'est entendu.

— Mais, chérie, vous oubliez que vous dînez chez la princesse d'Avranches, samedi.

— Tant pis, je me décommande.

— Oh! Madame, je ne veux pas, dit Lepré.

— Je le veux, s'écria Madeleine hors d'elle. Je n'irai d'aucune façon chez Fanny. Je n'ai jamais eu l'intention d'y aller.

Rentrant chez elle, Madeleine en se déshabillant lentement, se rappela les événements de la soirée. Quand elle arriva au moment où Lepré avait refusé de rester avec elle pendant le dernier acte, elle rougit d'humiliation. La coquetterie la plus élémentaire, comme la plus stricte dignité, lui commandait après cela d'observer une extrême froideur avec lui. Au lieu de cela, cette triple invitation dans l'escalier! Indignée, elle releva fièrement la tête et s'apparut au fond de la glace, si belle, qu'elle ne douta plus qu'il l'aimerait. Inquiète seulement et désolée de son prochain départ, elle imaginait sa tendresse qu'il avait voulu, elle ne savait pourquoi, lui cacher. Il allait lui en faire l'aveu, peut-être par une lettre, tout à l'heure, et sans doute retarderait son départ, partirait avec elle... Comment?... il ne fallait pas y penser. Mais elle voyait son beau visage amoureux s'approcher du sien, lui demander pardon. « Méchant! » disait-elle. — Mais peut-être aussi ne l'aimait-il pas encore; il partirait sans avoir le temps de s'éprendre d'elle... Désolée, elle baissa la tête, et ses regards tombèrent sur ceux plus languissants encore des fleurs fanées de son corsage, qui sous leurs paupières flétries semblaient prêtes à pleurer. La pensée du peu qu'avait duré son rêve inconscient de lui-même, du peu que durerait son bonheur si jamais il se réalisait, s'associa pour elle à la tristesse de ces fleurs qui, avant de mourir, languissaient sur le cœur qu'elles avaient senti battre de son premier amour, de sa première humiliation et de son premier chagrin.

Le lendemain, elle n'en voulut point d'autres dans sa chambre habituellement pleine et retentissante de la gloire des roses fraîches.

Quand Mme Lawrence entra chez elle, elle s'arrêta devant les vases où les catléias achevaient de mourir, dépouillés de beauté, pour des yeux sans amour.

— Comment, chérie, vous qui aimiez tant les fleurs?

— Il me semble que c'est d'aujourd'hui que je les aime, allait répondre Madeleine; elle s'arrêta, ennuyée d'avoir à s'expliquer et sentant qu'il y a des réalités qu'on ne peut faire saisir à ceux qui ne les portent pas déjà en eux.

Elle se contenta de sourire aimablement au reproche. Le sentiment que cette nouvelle vie était ignorée de tous et peut-être de Lepré lui-même lui causait un plaisir rare et désolé d'orgueil. On apporta les lettres; en n'en trouvant pas de Lepré, elle eut un mouvement de déception. Mesurant alors la distance entre l'absurdité d'une déception, quand il n'y avait pas eu le plus léger aliment à une espérance, et l'intensité bien réelle et bien cruelle de cette déception, elle comprit qu'elle avait cessé de vivre uniquement

de la vie des événements et des faits. Le
voile des mensonges avait commencé
à se dérouler devant ses yeux pour une
durée impossible à prévoir. Elle ne verrait plus qu'à travers lui les choses, et
plus que toutes, peut-être, celles qu'elle
aurait voulu connaître et vivre le plus
réellement et le plus pareillement à Lepré,
celles qui se rapportaient à lui.

Un espoir pourtant lui restait qu'il
avait menti, que son indifférence était
jouée : elle savait par l'unanimité des
opinions qu'elle était l'une des plus jolies
femmes de Paris, que sa réputation d'intelligence, d'esprit, d'élégance, sa grande
situation mondaine ajoutaient un pres-
tige à sa beauté. Lepré d'autre part était
considéré comme un homme intelligent,
artiste, très doux, très bon fils, mais il
était peu recherché, n'avait jamais eu de
succès de femmes; l'attention qu'elle lui

49

prêtait devait lui sembler quelque chose d'invraisemblable et d'inespéré. Elle s'étonnait et espérait...

II

Bien que Madeleine eût en un instant subordonné à Lepré tous les intérêts et toutes les affections de sa vie, elle n'en pensait pas moins, et son jugement était fortifié du jugement de tous, que, sans être désagréable, il était inférieur aux hommes remarquables qui, depuis quatre ans que le marquis de Gouvres était mort, consolant son veuvage en venant la voir plusieurs fois chaque jour, étaient le plus cher ornement de sa vie.

Elle sentait très bien que l'inclination inexplicable qui en faisait pour elle un être unique, ne l'égalait pourtant pas aux autres. Les raisons de son amour étaient en elle, et si elles étaient aussi un peu en lui, ce n'était ni dans sa supériorité intellectuelle, ni même dans sa supériorité physique. C'est précisément parce qu'elle l'aimait qu'aucun visage, qu'aucun sourire, qu'aucune démarche ne lui étaient aussi agréables que les siens et non parce que son visage, son sourire, sa démarche étaient plus agréables que d'autres, qu'elle l'aimait. Elle connaissait des hommes plus beaux, plus charmants, et le savait.

Aussi, quand le samedi à huit heures et quart, Lepré entra dans le salon de Madeleine, ce fut, sans qu'il s'en doutât, en même temps que l'amie la plus passionnée, l'adversaire le plus clairvoyant qu'il affronta. Si sa beauté était armée pour le vaincre, son esprit ne l'était pas moins pour le juger; elle était prête à cueillir comme une fleur amère le plaisir de le trouver médiocre et ridiculement disproportionné à l'amour qu'elle avait pour lui. Ce n'était pas par prudence! elle sentait bien qu'elle serait toujours reprise dans le filet enchanté et que les mailles que son esprit trop incisif auraient rompues pendant la présence de Lepré, à peine serait-il parti que son imagination industrieuse les aurait réparées.

En effet, quand il entra, elle fut soudain calmée; en lui donnant la main, il semblait qu'elle lui ôtait tout pouvoir. Il n'était plus le despote unique et absolu de ses rêves, mais rien qu'un visiteur agréable. Ils causèrent; alors toutes ses préventions tombèrent. Dans sa bonté fine, dans la justesse hardie de son esprit, elle trouvait des raisons qui, si elles ne justifiaient pas absolument son amour, l'expliquaient, au moins un peu et, en lui montrant que quelque chose y correspondait dans la réalité, l'y faisait pousser ses racines, y prendre plus de vie. Elle remarqua aussi qu'il était bien plus beau qu'elle n'avait cru, avec une figure Louis XIII délicate et noble.

Tous les souvenirs d'art qui se rapportaient aux portraits de cette époque s'associèrent dès lors à la pensée de son amour, lui donnèrent une existence nouvelle en le faisant entrer dans le système de ses goûts artistiques. Elle fit venir d'Amsterdam la photographie d'un portrait de jeune homme qui lui ressemblait.

Elle le rencontra quelques jours après. Sa mère était sérieusement malade, son voyage était retardé. Elle lui raconta qu'elle avait maintenant sur sa table un portrait qui le lui rappelait. Il se montra touché, mais froid. Elle en souffrit profondément, se consolant pourtant en pensant qu'il avait compris, au moins, s'il n'en avait pas joui, son attention. Aimer un rustre qui ne s'en serait pas rendu compte aurait été plus cruel encore. Alors, lui reprochant intérieurement son indifférence, elle voulut revoir les hommes épris d'elle, avec qui elle avait été indifférente et coquette, afin d'exercer envers eux la pitié ingénieuse et tendre qu'elle aurait au moins voulu obtenir de lui. Mais quand elle les rencontra ils avaient tous l'horrible défaut de n'être pas lui, et leur vue ne faisait que l'irriter. Elle lui écrivit, il resta quatre jours sans répondre, puis vint une lettre que toute autre eût trouvée aimable, mais qui la désespéra. Il disait :

« Ma mère va mieux, je partirai dans

trois semaines; d'ici là ma vie est bien remplie, mais je tâcherai d'aller une fois vous présenter mes hommages. »

Était-ce jalousie pour tout ce qui « remplissait sa vie » et l'empêchait, elle, d'y pénétrer, chagrin de son départ et de ce qu'il ne vînt qu'une fois d'ici là, ou plus encore chagrin qu'il n'éprouvât pas le besoin d'aller la voir dix fois par jour avant de partir : elle ne put pas rester chez elle, mit un chapeau à la hâte et sortit à pied, allant vite par les rues qui menaient chez lui, avec l'espoir absurde que, par un miracle sur lequel elle comptait, il allait, au tournant d'une place, lui apparaître rayonnant de tendresse et que, dans un regard, il lui expliquerait tout. Tout à coup, elle l'aperçut qui marchait, causant gaiement avec des amis. Mais alors elle eut honte, crut qu'il devinerait qu'elle allait à sa recherche et entra brusquement dans un magasin. Les jours suivants elle ne le chercha plus, évita les endroits où elle pourrait le rencontrer, gardant cette dernière coquetterie avec lui, cette dernière dignité en face de soi-même.

Un matin, elle s'était assise seule aux Tuileries, sur la terrasse du Bord de l'Eau. Elle laissait son chagrin flotter, s'étendre, se délasser plus librement à l'horizon élargi, cueillir des fleurs, s'élancer avec les roses trémières, les jets d'eau et les colonnes, galoper à la suite des dragons qui quittaient le quartier d'Orsay, aller à la dérive sur la Seine, et planer avec les hirondelles dans le ciel pâle. C'était le cinquième jour depuis l'aimable lettre qui l'avait désolée. Tout à coup elle aperçut le gros caniche blanc de Lepré qu'il laissait tous les matins sortir seul. Elle l'en avait plaisanté, lui avait dit qu'un jour on le lui volerait. L'animal la reconnut et s'approcha. Le besoin fou de voir Lepré qu'elle refoulait depuis cinq jours l'envahit tout entière. Saisissant l'animal dans ses bras, secouée de sanglots, elle l'embrassa longtemps, de toutes ses forces, puis défaisant le bouquet de violettes qu'elle portait à son corsage et l'ayant attaché à son collier, elle le laissa partir.

Mais, calmée par cette crise, adoucie aussi, mieux portante, elle sentit le dépit s'évanouir peu à peu, un peu de gaieté et d'espoir lui revenir avec le bien-être physique, et qu'elle tenait à la vie et au bonheur. Lepré partait maintenant dans dix-sept jours, elle lui écrivit de venir dîner le lendemain en s'excusant de ne pas lui avoir encore répondu, et passa une assez douce après-midi. Le soir, elle dînait en ville; il devait y avoir à ce dîner beaucoup d'hommes, artistes et hommes

de sport qui connaissaient Lepré. Elle voulut savoir s'il avait une maîtresse, une chaîne quelconque, qui l'empêchât de se rapprocher d'elle, qui expliquât son extraordinaire conduite. Elle souffrirait beaucoup si elle l'apprenait, mais au moins elle saurait, et peut-être, elle pourrait espérer que sa beauté avec un peu de temps l'emporterait. Elle partit de chez elle décidée à le demander tout de suite, puis, prise de peur, n'osait pas. Au dernier moment, ce qui en arrivant la poussa fut moins le désir de savoir la vérité que le besoin de parler de lui aux autres, ce charme triste de l'évoquer en vain partout où elle était sans lui. Elle dit après le dîner à deux hommes qui étaient près d'elle et dont la conversation était assez libre :

— Dites-moi, vous connaissez bien Lepré?

— Nous le rencontrons tous les jours

depuis toujours, mais nous ne sommes pas très liés.

— C'est un charmant homme?

— C'est un charmant homme.

— Hé bien! peut-être pourrez-vous me dire... ne vous croyez pas obligé[s]^{16} d'être trop bienveillant[s], car il s'agit pour moi vraiment de quelque chose de très important. — C'est une jeune fille que j'aime de tout mon cœur et qui a un peu d'inclination pour lui. Est-ce quelqu'un qu'on pourrait épouser sans crainte?

Ses deux interlocuteurs restèrent un instant embarrassés :

— Non, cela ne se peut pas.

Madeleine, très courageusement, continua pour en avoir fini plus vite :

— Il a une liaison ancienne?

— Non, mais enfin ce n'est pas possible.

— Dites-moi quoi, je vous assure, je vous en prie.

— Non.

Mais enfin, après tout, il vaut mieux lui dire, elle pourra supposer de plus vilaines choses ou des choses ridicules.

— Hé bien! voici et je crois que nous ne faisons aucun tort à Lepré en le disant; d'abord vous ne le répéterez pas, du reste tout Paris le sait et quant au mariage il est bien trop honnête et délicat pour y songer. Lepré est un charmant garçon, mais qui a un vice. Il aime les femmes ignobles qu'on ramasse dans la boue et il les aime follement; parfois il passe ses nuits dans la banlieue ou sur les boulevards extérieurs au risque de se faire tuer un jour, et non seulement il les aime follement, mais il n'aime qu'elles. La femme du monde la plus ravissante, la jeune fille la plus idéale lui est absolument indifférente. Il ne peut même pas faire attention à elles[17]. Ses plaisirs, ses préoccupations, sa vie sont ailleurs. Ceux qui ne le connaissaient pas bien disaient autrefois qu'avec sa nature exquise, un grand amour le tirerait de là. Mais pour cela il faudrait être capable de l'éprouver, or il en est incapable. Son père était déjà comme cela, et s'il n'en sera pas de même de ses fils, c'est parce qu'il n'en aura pas.

Le lendemain soir à huit heures, on vint dire à Madeleine que M. Lepré était au salon. Elle entra; les fenêtres étaient ouvertes, les lampes n'étaient pas encore allumées et il l'attendait sur le balcon. Non loin d'eux quelques maisons entourées de jardins reposaient dans la lumière adoucie du soir, lointaine, orientale et religieuse comme si c'eût été Jérusalem. La lumière rare et caressante donnait à chaque objet une valeur toute nouvelle et presque émouvante. Une brouette lumineuse au milieu de la rue obscure était touchante comme là, un peu plus loin, le tronc sombre et déjà nocturne d'un marronnier sous son feuillage que les derniers rayons baignaient encore. Au bout de l'avenue, le couchant se courbait glorieusement comme un arc de triomphe pavoisé d'ors et de verdures célestes. A la fenêtre voisine des têtes lisaient avec une solennité familière. En s'approchant de Lepré, Madeleine sentit la douceur apaisée de toutes ces choses alanguir, amollir, entr'ouvrir son cœur et elle se retint pour ne pas pleurer.

Lui pourtant, plus beau ce soir, et plus charmant, eut avec elle des amabilités délicates qu'il n'avait pas montrées jusque-là. Puis ils causèrent sérieusement, et elle s'aperçut pour la première fois de toute l'élévation de son intelligence. Si dans le monde[18], il ne plaisait pas, c'est que précisément les vérités qu'il recher-

chait étaient situées au-dessus de l'horizon visuel des personnes spirituelles et que
les vérités des esprits hauts sont des
erreurs ridicules à terre. Sa bonté d'ailleurs leur prêtait parfois une poésie char-
mante comme le soleil colore gracieuse-
ment les hauts sommets. Et il fut si gentil
avec elle, il se montra si reconnaissant
de sa bonté, que sentant qu'elle ne l'avait
jamais autant aimé, et ayant renoncé à
l'espoir de voir son amour partagé, elle
entrevit tout à coup joyeusement l'espérance d'une intimité purement amicale
grâce à laquelle elle le verrait tous les
jours; elle lui en fit ingénieusement et
joyeusement le plan. Mais lui, disait qu'il
était très pris, ne pouvant guère disposer
de plus d'un jour toutes les quinzaines.
Elle lui en avait assez dit pour lui laisser
comprendre qu'elle l'aimait, s'il avait
voulu comprendre. Et lui, si timide qu'il

63

fût, s'il avait eu l'ombre de penchant pour elle, il aurait dit des paroles d'amitié même infimes. Son regard malade était si fixement tendu sur lui qu'elle les aurait immédiatement distinguées et s'en serait avidement repue. Elle voulut arrêter Lepré qui continuait à parler de son temps si pris, de sa vie si remplie, mais subitement son regard plongea dans le cœur de son adversaire aussi avant qu'il eût pu plonger dans l'horizon infini du ciel étendu devant elle, et elle sentit l'inutilité des paroles. Elle se tut, puis elle dit :

— Oui, je comprends, vous êtes très occupé.

Et à la fin de la soirée, en le quittant, comme il lui disait :

— Ne pourrai-je pas vous dire adieu?

Elle lui répondit avec douceur :

— Non, mon ami, je suis un peu prise,

je crois qu'il vaut mieux en rester là.

Elle attendit une parole; il ne la dit pas, et elle lui redit :

— Adieu!

Puis elle attendit une lettre, en vain. Alors elle lui écrivit qu'il valait mieux être franche, qu'elle avait pu lui laisser croire qu'il lui plaisait, que cela n'était pas vrai, qu'elle préférait ne pas le voir aussi souvent qu'elle le lui avait demandé avec une amabilité imprudente.

Il lui répondit qu'il n'avait en effet jamais cru à plus qu'une amabilité qui était célèbre et dont il n'avait jamais eu l'intention d'abuser au point de venir si souvent l'ennuyer.

Alors, elle lui écrivit qu'elle l'aimait, qu'elle n'aimerait jamais que lui. Il lui répondit qu'elle plaisantait.

Elle cessa de lui écrire, mais non point tout d'abord de penser à lui. Puis cela vint aussi. Deux ans après, son veuvage lui pesant, elle épousa le duc de Mortagne qui avait de la beauté et de l'esprit et qui, jusqu'à la mort de Madeleine, c'est-à-dire pendant plus de quarante ans, orna sa vie d'une gloire et d'une affection auxquelles elle ne se montra pas insensible.

Notes

1. Marcel Proust, *Lettres à Reynaldo Hahn présentées, datées et annotées par Philip Kolb*. Paris, Gallimard [1956], p. 25; cf. *Correspondance. Texte établi, présenté et annoté par Philip Kolb. Tome I, 1880-1895*. Paris, Plon [1970], p. 331. (Édition de 1976, p. 333; pour les références à cette édition, il faut tenir compte d'un décalage de deux pages dans la pagination.)

2. Marcel Proust, *Les Plaisirs et les Jours. Illustrations de Madeleine Lemaire. Préface d'Anatole France et quatre pièces pour piano de Reynaldo Hahn*. Paris, Calmann-Lévy, 1896, p. 31. Éd. 1924, p. 48. Édition de la Pléiade, tome IV, 1971, p. 28.

3. *Correspondance*, tome I, pp. 415 et 426.

4. *Ibid.*, p. 217.

5. Les chiffres entre parenthèses renvoient aux pages de la présente édition.

6. *Correspondance*, tome I, p. 108.

7. Voir le compte rendu d'Edmond Stoullig,

Les Annales du théâtre et de la musique, 24e année, 1898, Paris, 1899, p. 106. A propos de *L'Ile du Rêve, idylle polynésienne* en trois actes, d'après le livre de Loti, *Le Mariage de Loti,* paroles d'André Alexandre et G. Hartmann, musique de Reynaldo Hahn, dont la première représentation eut lieu le 23 mars 1898, Stoullig écrit : « Vous avez lu *Le Mariage de Loti,* et vous vous souvenez de l'histoire de Rarahu (dont les librettistes ont fait plus euphoniquement Mahénu). »

8. *Correspondance,* tome I, pp. 325 et 327.

9. *Ibid.,* p. 334.

10. Marcel Proust, *A la recherche du temps perdu, texte établi et présenté par Pierre Clarac et André Ferré,* (Paris, Gallimard, 1954), tome II *(Sodome et Gomorrhe),* page 1123 : « Malgré moi, toujours poursuivi dans ma jalousie par le souvenir des relations de Saint-Loup avec " Rachel quand du Seigneur " et de Swann avec Odette, j'étais trop porté à croire que, du moment que j'aimais, je ne pouvais pas être aimé et que l'intérêt seul pouvait attacher à moi une femme. » Cf. tome III, page 456 : « Sans doute, de même que j'avais dit autrefois à Albertine : " Je ne vous aime pas " pour qu'elle m'aimât, " J'oublie quand je ne vois pas les gens " pour qu'elle me vît très souvent, " J'ai décidé de vous quitter " pour prévenir toute idée de séparation, – maintenant c'était parce que je voulais absolument qu'elle revînt dans les

huit jours que je lui disais : " Adieu pour toujours "; c'est parce que je voulais la revoir que je lui disais : " Je trouverais dangereux de vous voir "; c'est parce que vivre séparé d'elle me semblait pire que la mort que je lui écrivais : " Vous avez eu raison, nous serions malheureux ensemble. " » — Cf. mon édition de Marcel Proust, *Le Carnet de 1908*, Paris, Éditions Gallimard, 1976, folio 2 et passim; voir la note 5.

11. *Op. cit.*, tome I *(Du côté de chez Swann)*, pp. 136 à 141.

12. *Op. cit.*, tome II *(Le Côté de Guermantes)*, pp. 155 à 160.

13. *Op. cit.*, tome I *(Du côté de chez Swann)*, p. 221.

14. *Op. cit.*, tome I *(Du côté de chez Swann)*, p. 232.

15. *Op. cit.*, tome II *(Le Côté de Guermantes)*, pp. 601 à 603, 607 et 626 à 632.

16. Proust oublie que Madeleine s'adresse à deux interlocuteurs. Nous corrigeons.

17. *Sic.*

18. Ici nous supprimons du texte de la revue une virgule superflue.

illustrée par J.-E. Laboureur et Jacques Boullaire, 2 vol.)
ŒUVRES COMPLÈTES. *(Coll. in-8° « À la Gerbe »,* 18 vol.)
A LA RECHERCHE DU TEMPS PERDU. *(Édition illustrée comprenant* 107 *gravures originales de Philippe Jullian,* 7 vol. *Coll. « La Gerbe illustrée ».)*

LA COMPOSITION, L'IMPRESSION ET LE BROCHAGE DE CE LIVRE
ONT ÉTÉ EFFECTUÉS PAR FIRMIN-DIDOT S.A.
POUR LE COMPTE DES ÉDITIONS GALLIMARD.
ACHEVÉ D'IMPRIMER LE 16 FÉVRIER 1978.

Imprimé en France
Dépôt légal : 1er trimestre 1978
N° d'édition : 23367 — N° d'impression : 2276